AF234436

RECHERCHES

ÉPOQUES DE LA NAISSANCE ET DE LA MORT

DE

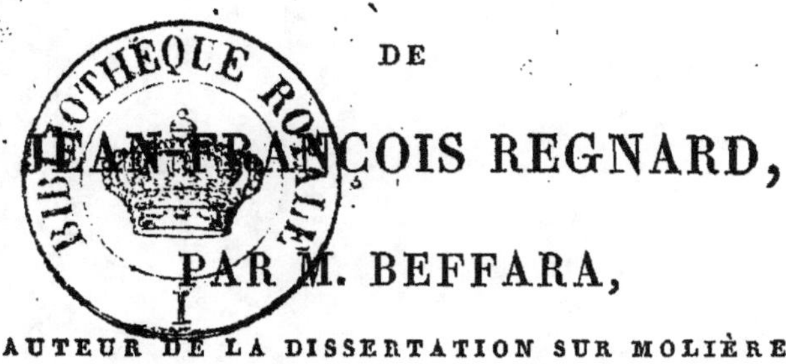

JEAN FRANÇOIS REGNARD,

PAR M. BEFFARA,

AUTEUR DE LA DISSERTATION SUR MOLIÈRE.

1823.

LETTRE

A M. CRAPELET, IMPRIMEUR,

SUR LES ÉPOQUES DE LA NAISSANCE ET DE LA MORT

DE JEAN-FRANÇOIS REGNARD,

POÈTE COMIQUE.

Paris, le 30 décembre 1822.

MONSIEUR,

J'AI fait imprimer, en janvier 1821, *in-8°*, une Dissertation sur Jean-Baptiste Poquelin Molière. Elle peut servir à réformer beaucoup d'erreurs commises par Grimarest, Voltaire et d'autres auteurs, et faire connoître des choses qu'on ignoroit sur Molière et sur sa famille.

Le bien qu'on a dit de cet ouvrage m'a déterminé à faire des recherches sur les époques de la naissance et de la mort de Jean-François Renard, ou Regnard, le deuxième de nos plus célèbres auteurs comiques.

Cette époque de sa naissance a été inconnue

jusqu'à présent, et les anciens auteurs ont commis des erreurs sur celle de sa mort.

Mes recherches m'ont donné des éclaircissements sur ces deux points.

Voici d'abord son acte de décès que M. le maire de Dourdan m'a envoyé :

« Extrait du registre des actes de baptêmes,
« mariages et sépultures qui ont eu lieu dans la
« paroisse Saint-Germain de Dourdan, pendant
« l'année 1709.

« L'an de grâce 1709, le cinq septembre,
« a été inhumé, au milieu de la chapelle de
« la Vierge de cette église, le corps de maître
« Jean-François Regnard, après avoir reçu le
« dernier sacrement de l'Église, ci-devant con-
« seiller du roi, trésorier de France à Paris, et
« depuis lieutenant des eaux et forêts en la maî-
« trise de Dourdan, capitaine du château dudit
« lieu, et pourvu par le roi de la charge de bailli
« au siége royal de Dourdan, âgé de soixante-deux
« ans ; en présence de monsieur maître Charles
« Marcadé, conseiller du roi, maître ordinaire
« en sa chambre des comptes, à Paris, neveu du
« défunt ; de M. Pierre Vidye, conseiller du roi,
« son lieutenant-général civil criminel et de po-
« lice ès-siéges royaux de Dourdan, et de M. Mi-
« chau, conseiller du roi, lieutenant de la maî-
« trise audit Dourdan, qui ont tous signé avec
« nous, prieur curé de Saint-Germain dudit

« Dourdan. Ainsi signez au registre, Marcadé,
« Vidye, Michau et Titon, avec paraphes.

« Pour copie conforme. Dourdan, ce 1er juin
1821. »

La lettre d'envoi est signée de M. Moulin,
maire. Cette copie contient en marge ce qui suit :

« En marge du registre est écrit :

« Enterrement de M. Regnard, né à Paris
« en 1647. »

Et à la table est porté ce qui suit :

« Jean-François Regnard, garçon, faméux
« poète. »

C'est sans doute la mention de l'âge de soixante-
deux ans qui a fait porter, en marge de l'acte,
qu'il étoit né en 1647.

L'auteur de l'Avertissement sur la vie et les ouvrages de Regnard, imprimé dans ses OEuvres, plu-
sieurs Dictionnaires biographiques et de Théâtre
le font naître en 1647, 1654, 1656 et 1657.

Les uns disent qu'il étoit d'une bonne, d'une
honnête famille de Paris ; d'autres annoncent
que son père étoit marchand épicier à la Halle.

Regnard n'est pas né en 1647, et ne pouvoit
avoir soixante-deux ans lors de sa mort, et c'est
lui-même qui nous en fournit la preuve.

Dans son Voyage de Flandre et de Hollande,
il dit : « Nous partîmes de Paris le 26 avril 1681
« par le carrosse de Bruxelles.... Nous nous trou-
« vâmes dans le carrosse tous jeunes gens, dont

« le plus âgé n'avoit pas vingt-huit ans. Il y
« avoit cinq Hollandois. »

Si Regnard étoit le plus âgé, et s'il avoit alors
de vingt-sept à vingt-huit ans, il seroit né
en 1653, ou 1654.

S'il étoit un peu moins âgé, et s'il avoit vingt-
cinq ou vingt-six ans, il seroit né en 1655,
ou 1656.

C'est peut-être d'après cet âge que des auteurs
l'ont fait naître en 1656 et 1657.

Le quartier dans lequel on a annoncé que Renard étoit né (la Halle) étant connu, il ne s'agis-
soit, pour trouver son acte de naissance, que de
faire des recherches dans les registres des baptêmes et mariages de la paroisse de Saint-Eustache, dont la Halle dépendoit, et de quelques autres paroisses voisines, registres déposés aux
archives de l'état civil du département de la
Seine. Je me suis occupé de ces recherches, et
elles m'ont procuré une assez grande quantité
d'actes de baptêmes et de mariages de personnes
portant le nom Regnard ou Renard.

Dans le nombre de ces actes, il y en a plu-
sieurs de naissances d'enfants de Pierre Renard,
marchand de salines, et de Marthe Gellée sa
femme, sous les piliers des Halles, et d'enfants
de frères de cette Marthe Gellée.

L'acte de mariage de Pierre Renard et de
Marthe Gellée a été cherché sur les registres de

Saint-Eustache depuis 1634 jusqu'à 1645, et ne s'y est pas trouvé.

Voici la note des actes de naissances et d'autres actes pris des registres de Saint-Eustache :

1er. Dimanche 11 février 1646, fut baptisé Pierre, fils de honorable homme Pierre Renard, marchand de salines, à Paris, et de Marthe Gellée sa femme, demeurant sous les piliers des Halles ; la marraine Nicole Gellée, femme d'honorable homme Pierre Levier, aussi marchand de salines ;

2e. Le mardi 4 juin 1647, fut baptisée Marie, fille d'honorable homme Pierre Regnart, marchand de salines, à Paris, et de Marthe Gellée sa femme, demeurant sous les piliers des Halles ; la marraine, Marie Regnart, fille de défunt honorable homme Jean Regnart, vivant, marchand à Auxerre ;

3e. Du mercredi 13 avril 1650, fut baptisé Pierre, fils d'honorable homme Pierre Renard, marchand de salines, à Paris, et de Marthe Gellée sa femme, demeurant sous les piliers des Halles ; la marraine Anne Duperroy, femme d'honorable homme Charles Gellée, marchand de salines ;

4e. Du mercredi 15 mars 1651, fut baptisée Marie, fille d'honorable homme Pierre Renard, marchand de salines, à Paris, et de Marthe Gellée sa femme, demeurant sous les piliers des Halles ;

parrain, honorable homme Pierre Levier, aussi marchand de salines.

Les 20, 23 mai 1651, furent fiancés et mariés à Saint-Eustache Michel Gellée, marchand, et Marie de Faye, en présence de Charles Gellée, frère; Pierre Renard, beau-frère. (Ces deux Gellée étoient les frères de Marthe, femme Renard.)

Le samedi 5 avril 1653, baptême de Marie-Marthe, fille d'honorable homme Michel Gellée, marchand de salines, et de Marie de Faye sa femme, demeurant sous les piliers des Halles; la marraine, Marthe Gellée, femme d'honorable homme Pierre Renard, aussi marchand de salines.

Le dimanche 12 juillet 1654, fut baptisée Marguerite, fille d'honorable homme Michel Gellée, marchand de salines, bourgeois de Paris, et de Marie de Faye sa femme, demeurant sous les piliers des Halles; le parrain, honorable homme Pierre Renard, aussi marchand de salines, bourgeois de Paris.

5ᵉ. Du lundi 8 février 1655, fut baptisé *Jean-François*, fils d'honorable homme Pierre Renard, marchand bourgeois de Paris, et de Marthe Gellée sa femme, demeurant sous les piliers des Halles; le parrain, honorable homme Pierre Carru, aussi marchand à Paris; la marraine, damoiselle Anne Poan, femme de noble homme Fremin Leclerc, secrétaire de chez la reine.

Du jeudi 16 novembre 1656, fut baptisé Michel, fils d'honorable homme Michel Gellée, marchand de salines, bourgeois de Paris, et de Marie de Faye sa femme, demeurant sous les piliers des Halles; la marraine Anne Renard, fille d'honorable homme Pierre Renard, marchand bourgeois de Paris.

18 juin 1657, convoi de cent, service complet, assistance de M. le curé, quatre porteurs, pour défunt M. Renard, vivant, marchand bourgeois de Paris, demeurant sous les piliers des Halles, inhumé dans l'église de Saint-Eustache. (Le convoi coûta 143 liv. 1 s.)

Du lundi 6 mai 1658, fut baptisé Simon, fils de Michel Gellée et de Marie de Faye, demeurant sous les piliers des Halles; la marraine Jeanne Renard, fille de défunt Pierre Renard, vivant, aussi marchand bourgeois de Paris.

(Ce mot vivant indique qu'il étoit déjà mort.)

Les naissances d'Anne et de Jeanne Renard, marraines, les 16 novembre 1656, et 6 mai 1658, sont inconnues.

Étoient-elles deux des premiers enfants de Pierre Renard et de Marthe Gellée, baptisées sur une autre paroisse que Saint-Eustache, ou deux enfants d'un autre Pierre Renard que l'on qualifie de marchand bourgeois de Paris, et non de marchand de salines, lequel pouvoit être le père du premier?

Ces actes, et d'autres actes de baptêmes d'enfants de Michel Gellée, et d'un autre Gellée (Charles), aussi marchand de salines, sous les piliers des Halles, prouvent, par les mots d'honorable homme qu'on y a employés, que ces familles jouissoient d'une grande considération dans leurs commerces.

Dans tous les actes que j'ai extraits en assez grande quantité, contenant les mariages et les baptêmes des individus portant le nom de Regnard, ou de Renard, sur les registres des paroisses de Saint-Eustache, Saint-Germain-l'Auxerrois, et autres paroisses voisines de la Halle, on ne trouve qu'un Jean-François Renard, baptisé le 8 février 1655, à Saint-Eustache.

En comparant cette date avec ce qu'a dit Regnard dans son Voyage de Flandre et de Hollande; « Nous partîmes de Paris le 26 avril 1681 ; nous « nous trouvâmes tous jeunes gens, dont le plus « âge n'avoit pas vingt-huit ans, » il paroît démontré que l'extrait de baptême du 8 février 1655 est bien réellement le sien.

Mais deux choses pourroient peut-être donner de l'incertitude sur l'identité de ce personnage.

1°. On a dit dans l'Avertissement sur la vie et les ouvrages de Regnard, imprimé dans ses OEuvres, « que son père étoit mort comme il finissoit « ses exercices à l'Académie. »

Cette mort seroit donc arrivée lorsque Regnard

avoit dix-huit ou vingt ans, c'est-à-dire vers 1673,
ou 1675.

On a vu plus haut qu'un Renard (sans prénom) vivant, marchand bourgeois de Paris,
demeurant sous les piliers des Halles, avoit été
inhumé dans l'église Saint-Eustache, le 18
juin 1657.

Ce décès ne pourroit-il pas faire objecter que
si ce Renard étoit Pierre, père du Jean-François
baptisé le 8 février 1655, ce dernier ne seroit
pas l'auteur, puisque son père ne seroit mort
que lorsqu'il avoit dix-huit ou vingt ans (1673,
ou 1675), que par conséquent cet acte ne pourroit
s'appliquer au poète Regnard?

Mais j'ai déjà dit que dans un très grand nombre d'actes je n'en avois trouvé qu'un au nom
de Jean-François, 8 février 1655, sur un des
registres de Saint-Eustache, dont la Halle dépendoit, registres qu'il falloit seuls consulter.

Je répondrai à l'objection, que si c'étoit Pierre
Regnard, père du poète, qui fût décédé en 1657,
il y auroit une erreur dans l'Avertissement, où
l'on dit qu'il étoit mort comme Regnard finissoit ses exercices à l'Académie; que ce fut peut-
être plutôt Marthe Gellée sa mère qui mourut à
cette époque, étant veuve depuis 1657, et qu'au
lieu du père, on auroit dû dire la mère dans
l'Avertissement.

Ou si l'on n'étoit pas satisfait de cette raison,

ne pourroit-on pas croire que le Renard inhumé le 18 juin 1657 sans prénom, et sous la qualification de marchand bourgeois de Paris, étoit le père de Pierre Renard, marié à Marthe Gellée, aïeul de Jean-François, ou un frère, ou autre parent de ce Pierre, dont je parlerai plus loin ?

2°. On voit dans les actes de baptêmes de Michel Gellée (16 novembre 1656), et de Simon Gellée (6 mai 1658), qu'ils eurent pour marraines, Anne Renard, fille de Pierre Renard, marchand bourgeois de Paris, et Jeanne Renard, fille de défunt Pierre Renard, vivant, marchand bourgeois de Paris.

On voudroit peut-être en conclure que Pierre, père de Jean-François, étoit celui inhumé le 18 juin 1657, sans prénom. Mais ne pourroit-on pas croire aussi que les deux Anne et Jeanne Renard étoient filles du père de Pierre Renard, marié à Marthe Gellée, lequel portoit aussi le prénom de Pierre, et étoit qualifié de marchand bourgeois de Paris, et non marchand de salines ; et que par conséquent elles étoient tantes et non sœurs de Jean-François, avec d'autant plus de raison qu'on n'a point trouvé d'actes de naissance qui constatent qu'elles étoient filles de Pierre Renard et de Marthe Gellée ?

Ne pourroit-on pas croire encore que ce dernier Renard avoit un frère ou un autre parent plus éloigné qui se nommoit aussi Pierre, et étoit marchand bourgeois de Paris; que Anne et Jeanne étoient ses filles, et que ce fut ce Pierre qu'on inhuma le 18 juin 1657?

Un acte porté sur le registre des sépultures de Saint-Eustache, à la date du 28 juin 1676, contient ce qui suit :

« Défunt Jean Regnard, bourgeois de Paris, ap-
« porté de la paroisse de Brye-sur-Marne, du
« logis de M. Tonnellier, vicaire de la paroisse
« de Saint-Eustache, décédé le 27 du présent mois,
« a été inhumé dans notre église. »

Un registre des convois de la même paroisse, à la même date du 28 juin, donne la note suivante :

« Reception du chœur et vêpres pour défunt
« Jean Regnard, bourgeois de Paris, apporté de
« la paroisse de Brye-sur-Marne, décédé dans le
« logis de M. le Tonnellier, son oncle, vicaire
« de la paroisse de Saint-Eustache, a été inhumé
« dans notre église, *gratis*. »

En marge des actes de décès sur les registres, sont les noms et prénoms des personnes mortes; et ce qu'il y a de singulier, on a mis, d'une autre écriture et non par renvoi, en marge de l'article du décès, les noms *Pierre Regnard*, au lieu de ceux de *Jean Regnard* portés dans cet acte.

On devroit s'en rapporter au prénom *Jean* mis dans le corps de l'acte et de la note, et croire qu'on a commis une faute en portant le prénom Pierre en marge.

Mais n'avoit-on pas commis aussi une erreur en insérant dans les acte et note du 28 juin 1676, le prénom Jean au lieu de celui de Pierre; et le Regnard, Pierre et non Jean, ne seroit-il pas le père de Jean-François, d'autant mieux que cette époque de 1676 pouvoit être celle où Regnard avoit fini ses exercices à l'Académie, et où même il étoit déjà en Italie ?

J'ai fait faire des recherches sur le registre de la commune de Brie-sur-Marne, pour avoir l'extrait de mort de Jean Regnard (27 juin 1676); mais il ne s'y est pas trouvé.

En dernière analyse, j'ajouterai que l'acte du 18 juin 1657 ne prouve point d'une manière évidente, que le Pierre Regnard, inhumé, fût le mari de Marthe Gellée; qu'il pouvoit être aussi bien son père, son frère, ou un autre parent; qu'on peut donc croire, avec l'auteur de l'Avertissement, que Pierre, père de Jean-François, ne mourut point en 1657, mais plus tard, soit en 1676, si on peut lui appliquer l'acte et la note du 28 juin, ou dans une autre année.

En admettant les raisons que j'ai données ci-dessus, il paroît démontré que l'acte de baptême du 8 février 1655 est bien réellement celui du poëte Regnard; qu'il naquit à la Halle, c'est-à-dire sous les piliers des Halles; que son père avoit été marchand de salines, commerce auquel étoit joint celui de l'épicerie; que le Renard inhumé sans prénom, le 18 juin 1657, n'étoit point son père, mais son aïeul, ou son oncle, ou un parent plus éloigné.

Si je n'avois pas autant multiplié mes recherches, si je les avois cessées aussitôt que j'ai eu trouvé l'acte de naissance de Jean-François, du 8 février 1655, et celui de Anne, du 16 novembre 1656, je n'aurois pas eu connoissance des actes de décès de Renard, sans prénom, du 18 juin 1657, de baptême de Simon Gellée (6 mai 1658), dont Jeanne fut marraine, et de ceux du 28 juin 1676. Je n'ai pas dû cacher ces actes; mais je suis fermement persuadé que la date du 8 février 1655 est bien celle du baptême de Jean-François Renard ou Regnard, d'autant mieux qu'elle coïncide parfaitement avec ce qu'il a dit lui-même dans la note de son départ de Paris, le 26 avril 1681.

Il en résulte qu'il n'avoit point soixante-deux ans lors de sa mort, mais seulement cinquante-quatre ans, six mois, vingt-sept jours.

Grimarest et Voltaire, dans les Vies de Molière, ont prétendu qu'il étoit né sous les piliers des Halles.

Il seroit bien singulier que nos deux plus grands poètes comiques fussent nés dans cet endroit; l'un d'un tapissier, l'autre d'un marchand de salines, épicier; tous deux qualifiés d'honorables hommes dans beaucoup d'actes de l'état civil. Mais je crois avoir démontré, dans ma *Dissertation sur J. B. Poquelin Molière*, que ses père et mère demeuroient rue Saint-Honoré, et non sous les piliers des Halles, et que Molière n'y est pas né.

J'ai l'honneur d'être, etc.

L. F. BEFFARA,

Ex-Commissaire de police de Paris, rue Saint-Lazare, n° 12.

DE L'IMPRIMERIE DE CRAPELET.